孙子兵法

——第二十九册

上海人民美术出版社

浙江人民美术出版社

目 录

战 例　**李矩昼降夜袭败刘畅**

编文：王　镁

绘画：岳海波　卢　冰

原　文　无约而请和者，谋也。

译　文　敌人尚未受挫而来讲和的，是另有阴谋。

1. 历时十六年之久的"八王之乱"使西晋王朝的统治处于风雨飘摇之中。各少数民族的贵族乘机起兵，反晋夺权。从此，中国历史又进入了分裂混战时期。

4

2. 晋永兴元年（公元304年），匈奴大单于刘渊反晋，自立为汉（史称前赵）王，改元为元熙。至公元310年，刘渊去世，太子刘和即位。不久，刘渊的第四子刘聪杀死刘和，即前赵王位。

3. 东晋元帝建武元年（公元317年），前赵王刘聪命堂弟刘畅，率步骑三万人，攻击晋地荥阳（今河南荥阳）。

4. 荥阳太守李矩,勇毅多谋略,常能以少击众而获胜,被晋元帝司马睿封为冠军将军。这时,他奉命抵御前赵刘畅军,屯兵河南新郑。

5. 刘畅率军到达韩王故垒（今河南新郑境内）扎营，与李矩大营相距七里，即派遣使者至晋营招降李矩。

6. 刘畅大军突然压境，李矩还未做好充分准备。既然前赵军有招降之意，遂将计就计，亦派遣使者到刘畅军营，表示愿意投降。

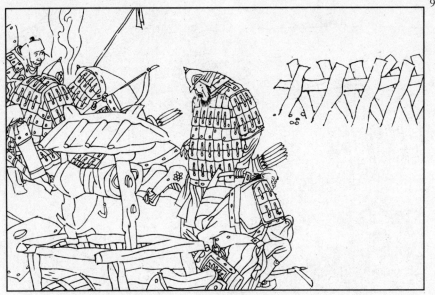

7. 紧接着，李矩命令精锐将士立即集结待命，仅留老弱士卒守卫大营。

8. 同时，又派人挑着美酒佳肴、赶着一批牛羊，送往刘畅大营犒劳，以示诚心归降。

9. 刘畅收下礼物，确信李矩无力抵抗前赵大军，遂放松警惕，不再戒备。

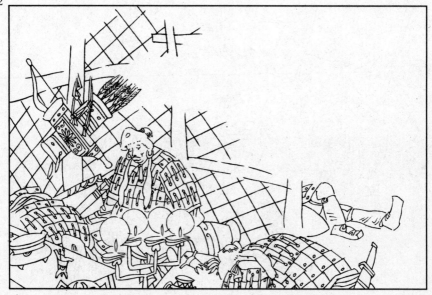

10. 当夜，刘畅军营杀牛宰羊，大飨全军。将士们都为不战而胜所鼓舞，开怀畅饮，喝得酩酊大醉。

11. 李矩得悉敌军中计，立即召集精兵动员夜袭。将士们担心敌众我寡难以获胜，流露出畏惧的神色。

12. 李矩当即果断地将他们带到附近一座祠堂前。这座祠堂名为"子产祠"，供奉着春秋时著名政治家子产的塑像。据说求祷十分灵验。

13. 李矩密嘱部将郭诵在子产塑像前祈祷："您曾辅佐郑国，使凶恶的鸟都不敢乱叫；那些残暴的敌人，都不能跨进郑国的疆土一步。恳求您指点我们，应如何战胜敌军！"

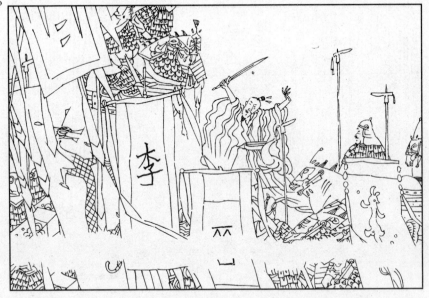

14. 巫师又按照李矩的布置说："神灵发话了，立即派遣神兵相助。"

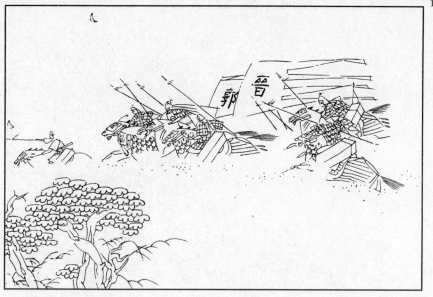

15. 将士们听巫师说有神兵相助，勇气倍增，踊跃争先。李矩挑选勇士一千人，由郭诵率领，乘夜色，悄悄奔向刘畅大营。

16. 郭诵率军杀入刘畅大营时，前赵将士都还酒醉未醒。晋军如入无人之境，斩杀刘畅将士数千名，仅刘畅一人逃出大营。

17. 刘畅慌忙命令其余步骑立即撤军。顿时，前赵大军混乱不堪，仓皇逃窜。

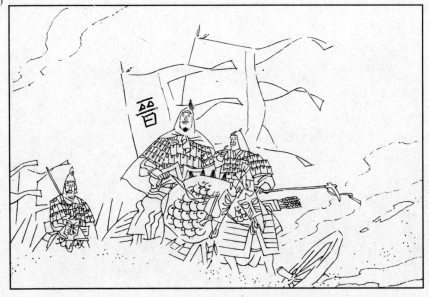

18. 这时，东晋河内太守郭默的援军赶到。李矩遂分兵三路，连夜追击，大胜而归。

二赵诱敌出堡灭李全

编文：程　鞭

绘画：蒲慧华

原　文　半进半退者，诱也。

译　文　敌人半进半退的，是企图引诱我军。

1. 南宋宝庆三年（公元1227年），义军首领李全投降蒙古军。蒙古大将让李全南下攻宋，李全穿戴蒙古服饰来到楚州（治所在今江苏淮安）。绍定三年（公元1230年）十一月，李全突然率兵自楚州进攻扬州。

2. 宋将赵范立刻约其弟赵葵，调集一万四千将士，进驻扬州，抵抗李全。

3. 李全攻城不下，部将宗雄武提议说："城中粮饷缺乏，而且储存大都被总领借走，我们如筑土城包围扬州，时间一长，城内就难以生活。"

4. 李全采纳了宗雄武的建议，发动全军，并强迫城外农民数十万人，在扬州城周围挖堑壕、建土城，并决新塘之水灌入壕堑，以断绝扬州城的粮饷供给。

5. 赵范、赵葵看出敌军的意图，决定于夜间发兵冲击。李全猝不及防，死伤甚多。于是，李全屯兵于扬州西北的土城，意在久围官军，不再出兵攻城。

6. 赵范和赵葵商议："李全守而不战，是企图困死我军。如果我军出击后佯败撤军，李全必然会追击……"

7. 于是，赵范派部将李虎率骑兵埋伏于城边，自己率步兵诱敌。李全果然率领数千士兵来战。赵范佯败后退。李全越过壕堑追赶，迫近城下，突然，伏骑杀出，万箭齐发，李全军死伤甚多。

30

8. 李全驻在城东北的军队赶来支援。赵范、赵葵指挥步兵架设浮桥，放下吊桥，分两路出城作战，另派骁将李虎率步骑五百攻击李全军的背后。三路夹攻，从上午激战到下午，李全大败。

9. 当晚，赵范的部属侦察到李全在扬州城西北的平山堂举行宴会，赵范与赵葵商议，认为应利用李全麻痹轻敌的弱点，再次出击。

10. 翌日清晨，赵范和赵葵带领精锐数千人向西进军，并打着一向被李全所轻视的宋军旗帜。李全见后就对左右部属自信地说："看我彻底消灭宋军。"

11. 赵范见李全率军冲杀过来，指挥将士一齐突击，赵葵亲自参与搏斗，诸将和数千精兵争先杀敌。

12. 宋军如此勇猛，远非日前一战即逃可比。李全抵敌不住，企图逃回土城，而此时土城城门已被李虎率军堵住。李全陷入困境，仅带数十名骑兵北逃。

13. 赵葵率骑兵急追，直追至新塘。新塘自决水灌入壕堑后，表面虽已干枯，下面还有数尺深的烂泥，因久晴无雨，表面覆盖了一层尘土，就像一般泥地一样。李全和数十名骑兵不知底里踏将上去，都陷入泥中，无法逃生。

14. 赵葵率兵赶到，奋起长枪猛刺，立即将李全等数十名入侵者刺死，其中多半为将校。

战 例　**郤至善察获战机**

编文：夏　逸

绘画：何　进

原　文　鸟集者，虚也；夜呼者，恐也；军扰者，将不重也；旌旗动者，乱也；吏怒者，倦也；粟马肉食，军无悬甀，不返其舍者，穷寇也。

译　文　敌人营寨上集聚鸟雀的，下面是空营；敌人夜间惊叫的，是恐慌的表现；敌营掠扰纷乱的，是敌将没有威严的表现；旗帜摇动不整齐的，是敌人队伍已经混乱；敌人军官易怒的，是全军疲倦的表现；用粮食喂马，杀牲口吃肉，收拾起汲水器具，部队不返营舍的，是准备拼命突围的穷寇。

1. 周简王十一年（公元前575年）四月，晋厉公为了与楚国争霸中原，率兵车五百乘、将士五万余人，渡过黄河南下，向鄢陵（今河南鄢陵西北）进发，以伐郑国为名，目的是攻打楚国。

2. 出发前, 晋厉公联络齐国、鲁国、卫国、宋国派兵到鄢陵协助晋国会战, 但诸国的军队迟迟未到, 晋军在鄢陵结营等待。

3. 楚共王听说晋国出兵，亦迅速出兵北上救郑。楚郑联军，共有兵车五百三十乘，将士九万三千人。楚共王想乘晋国的齐、鲁等友军未到之前击败晋军，立即命令大军紧靠晋军营列阵。

4. 晋厉公带领众大将登高台瞭望，观察楚军移营布阵。有的晋将主张：
现敌众我寡，应坚守不战，等待友军到来再战。

5. 晋国中军主将栾书亦认为楚郑之军士气不振，三天以后必然更为疲沓，待友军到达以后再战较有把握。

6. 新军副将郤至在细细观察了敌阵后说："据我的观察和了解，敌军有六个难以克服的弱点。因此我认为可以立即发动进攻，定能击败对方。"

7. 晋厉公和将领们都愿听一听郤至的看法。郤至说："请看！其一，楚军中老兵多，这些老兵却不善战；其二，郑国的军队列队很乱，缺乏训练，不守纪律；其三，两军的士卒都在高声谈话，喧嚣不堪，秩序很乱……"

8. 晋厉公觉得郤至说得有理，要他再继续说。郤至说："楚郑两军都在相互观望，没有临战的气氛；据我所知，不仅楚郑两国的军队不协调，就是楚军内部，中军和左军的两员将领也有隔阂……"

9. 于是，晋厉公和众将都赞同郤至的分析，决定立即发起进攻。

10. 当时，从楚国叛逃至晋国的苗贲皇跟在晋厉公身后，由于他熟悉楚军情况，乘机补充说："楚军的精锐，只有中军的王族那部分。如果晋军先分头击垮他左右两军，然后合力攻其中军，必能取胜。"

11. 晋厉公采纳了他的建议。主将栾书下令，集中晋军精锐攻击楚右军及郑军。

12. 正当晋军向楚军发起攻击时，晋厉公乘的战车突然陷入泥淖之中。栾书见后，急忙赶来，请晋厉公上自己的战车。

13. 栾书的儿子栾铖大声斥责道："请你赶快离开，你负有指挥全军重任，岂能失责！"栾书惊悟，继续指挥大军进攻。

14. 楚共王看见晋厉公陷于泥淖，无法脱身，亲自率一军扑来擒拿。

15. 晋将魏锜急忙用箭射向楚共王，箭中楚王左目。楚共王忍痛拔箭，
眼珠随箭而出。

16. 这时，晋厉公的战车已挣脱出泥淖，晋厉公便下令追击楚共王。

17. 楚军得知楚王负伤，人心惶恐，又见晋军如潮攻来，以为齐鲁等国的军队已到，惊慌失措，顿时阵势大乱，败退颖水（今河南许昌西南）南岸。

18. 楚国的中军元帅子反整顿好队伍，准备明日清晨再战。然后，在大帐内独饮闷酒。

19. 入夜，楚共王召诸将商议战事，子反酒醉，不能前来。

20. 楚共王见元帅如此，无心再战，连夜撤军南归。

21. 第二天，晋军进入楚营，见营内留有大批来不及带走的粮食和物资。晋厉公立即下令，在楚营内设宴庆功。

22. 晋军休息三天，胜利归国。此役，晋将郤至善于观察；晋厉公抓住战机，果断出击，在原联络的齐鲁等国军队均未到达的情况下，终于以寡胜众，打败强楚，使诸侯敬畏，巩固了晋国在中原的霸主地位。

张扬治军无方兵散人亡

编文：江　涓

绘画：徐有武　汤四珍　徐之弘

原　文　谆谆翕翕，徐言入入者，失众也；数赏者，窘也；数罚者，困也；先暴而后畏其众者，不精之至也。

译　文　低声下气同部下讲话的，是敌将失去人心；不断犒赏士卒的，是敌军没有办法；不断惩罚部属的，是敌人处境困难；先强暴然后又害怕部下的，是最不精明的将领。

1. 东汉末年，武官张扬因护驾有功，平步青云，被汉献帝封为大司马，率军割据一方。

2. 张扬缺乏主见，优柔寡断。一次，他得悉某部属谋反，十分恼怒。心想，我平时待他不薄，竟如此忘恩负义。当即传令，带谋反者进帐，打算审问清楚，就地处斩。

3. 那人一进帐就伏地痛哭，连连叩首谢罪，诉说自己是一时糊涂，现已追悔莫及，请求饶恕……

4. 开始，张扬怒气极盛，大声呵斥："负义小人，死罪难逃！"经那人痛哭诉说了一番后，不由心软下来。

5. 谋反者见他动情，就哭得更加伤心，哀求声更为悲切："将军如能饶我不死，我一定戴罪立功，肝脑涂地万死不辞……"

6. 张扬终于被他的哀求和眼泪征服，竟也陪着那人流下眼泪。张扬心想，留着他终究有用，就赦免了他。

7. 众将士见反叛大罪尚且不了了之，一般过错当然更加宽大。于是，军队中放纵违纪现象不断发生。

8. 张扬对将士奖多罚少，自以为宽厚仁慈，御众有恩，部下必能知恩图报。于是，将士更是肆无忌惮，为所欲为。

9. 建安三年（公元198年），汉大将军曹操出兵征讨奋威将军吕布割据势力。吕布被围困在下邳（今江苏睢宁西北），危急之时，他想到好友张扬，于是写信求救。

10. 张扬接读吕布的亲笔书信后，心急如焚，想起昔日两人同生共死的誓言，急急下令，发兵驰援。

11. 可手下的将士们却七嘴八舌，意见纷纷，弄得张扬不知该听谁的好。

12. 部队未到下邳，就因意见分歧而停止不前了。张扬的军队终于未能
给吕布解围出力。

13. 张扬属下的将领看他懦弱无能，难成大事，便各找门路。周围的割
据势力也乘机拉拢他的将士。

14. 建安三年十一月，部属杨醜发难，杀死张扬，部队内部混战。曹操乘机出兵，收编了这支队伍。

尚婢婢先从后图胜敌手

编文：良　军

绘画：季源业　庄秀玲

原　文　来委谢者，欲休息也。

译　文　派来使者送礼言好的，是敌人想休兵息战。

1. 唐武宗会昌二年（公元842年），吐蕃的赞普（君长）达磨逝世。达磨没有儿子，他的宠妃綝氏立三岁的内侄乞离胡为赞普。吐蕃的军政大权实由綝氏掌握。

2. 首相结都那参见乞离胡时，不肯行礼，说："赞普宗族很多，立绨氏外姓，谁能服从他的命令？"

3. 说完大哭而出，绵氏示意左右，左右一拥而出，将结都那抓住，将他杀死了。

4. 洛门川（今甘肃武山东南峪河）讨击使论恐热闻变后，自称国相，与青海节度使联盟，举兵反对绨氏，号称义兵，实谋篡国。

5. 吐蕃国相尚思罗领兵与论恐热在渭州（今甘肃陇西东南）交战，结果兵败。论恐热占领渭州。

6. 吐蕃鄯州（今青海乐都一带）节度使尚婢婢，好读书，宽厚仁勇，有谋略，御军有方。论恐热担心他袭击后方，决定先下手消灭尚婢婢。

7. 唐会昌三年（公元843年）六月，论恐热大举进兵鄯州。军至镇西（今甘肃东乡以西）时，突然狂风怒吼，电闪雷鸣，士兵难以行动。

8. 猛然间一个劈雷，草原上燃起熊熊烈火，有十几名裨将和数百头牲畜被雷击毙，被火烧死。论恐热十分忌讳，不敢贸然进军。

9. 尚婢婢获悉此事后，对部将说："论恐热大兵压境，把我们看做蝼蚁一样，以为不堪一击。今遇天灾，又犹豫不进。我们不妨伪装臣服，以助长他的骄气，使他疏于防备，我们正可以休整兵马，伺机而动了。"部将都表示同意。

10. 于是，尚婢婢派人送去大批物品，犒劳论恐热军将士。

11. 尚婢婢还亲笔写了信派人送给论恐热，信中说："国相举义兵以匡国难，只要派一个人送一封信来，谁敢不听从呢？何必大驾亲临！我资性愚钝，仅嗜好读书，如能退回乡里，才是我平生夙愿……"

12. 论恐热看到礼物和书信后，十分欣喜，把书信给部将们传阅说：
"尚婢婢只知道啃书本，哪会用兵打仗！待我主持国家后，给他一个宰
相职位，让他呆在家里算了。"

13. 论恐热复信赞誉了尚婢婢一番，就放心地领军撤走了。

14. 尚婢婢得知论恐热中计，便抚摸着大腿笑道："我们吐蕃要是没有国主，就归附唐朝，怎能屈从这类犬鼠一样的人！"

15. 尚婢婢用了三个月时间养精蓄锐，做好充分准备后，于当年九月派尚结心、莽罗薛吕两员大将率五万余精兵，突然出击论恐热的驻地大夏川（今甘肃和政附近）。

16. 大军到达河州（今甘肃临夏）南，莽罗薛吕率四万人在山谷险地设伏；厐结心率一万人藏在柳林中，另遣一千骑兵登上山头，将信札系在箭上，射入城中，羞辱论恐热。

17. 论恐热读信后，暴跳如雷，破口大骂，立即率领数万兵马出城追击。

18. 兵马将近柳林，庞结心率兵拦击。论恐热的兵士猝不及防，被杀伤不少。战不多时，庞结心的人马显露出抵挡不住的样子，勒转马头逃跑了。

19. 论恐热岂肯善罢甘休，领兵追赶。直追出数十里，厖结心兵马逃进
了山谷。

20. 论恐热领兵追入谷口。突然，谷内外伏兵四起，杀声震天。庞结心领兵返身夹击，论恐热全军被切成数段，混乱不堪。

21. 正在此时，谷内狂风顿起，飞沙走石，溪水漫溢。论恐热军惨败，被杀、溺死者不计其数，伏尸数十里。

22. 仅有十几名将士护卫论恐热冲出谷口，又遇伏兵袭击，将士全部战死，论恐热侥幸单骑逃脱。

战 例　**萧惠轻敌无虑失全军**

编文：庄宏安　庄　梅

绘画：张新国 定　远 江　松

原　文　兵非多益，惟无武进，足以并力、料敌、取人而已。夫惟无虑而易敌者，必擒于人。

译　文　打仗不在于兵力多就好，只要不轻敌冒进，并集中兵力、判明敌情，取得部下的信任和支持，也就足够了。那种既无深谋远虑而又轻敌的人，必定会被敌人所俘虏。

1. 辽重熙十七年（公元1048年）正月，西夏王赵元昊亡故，辽主派使者前往祭奠。使者回来报告说，元昊死后，其子谅祚年幼，军政大权由王太后及其族亲执掌，诸将不和。

2. 辽主耶律宗真听了，以为这是进攻西夏大好时机，迅速调动兵马准备伐夏。

3. 辽重熙十八年（公元1049年）六七月，辽军兵分三路：韩国王萧惠率南路军，行军都统耶律达和克率北路军，辽主亲率中路军，以北院大王耶律仁先为前锋，相继向西夏进发。

4. 萧惠率领的南路大军，战舰、粮船绵亘百里，浩浩荡荡，十分显赫。

5. 萧惠是辽国的老将，身经百战，为辽国立下汗马功劳。五年前，曾因轻敌深入敌境，为西夏所败。这次，他分析了敌情，认为小王谅祚还不足两岁，大权均在一个女人手中，辽国大军压境，西夏必定伏首投降。

6. 辽军进入夏境，一路上，未见有西夏兵的踪影。

7. 萧惠心生疑惑，派出小股部队往前侦察。

8. 侦察人员还未回来，萧惠心急，又命令部队出发。此时，辽军战马都用于运载粮草、铠甲，骑兵步行前进，毫无作战准备。

9. 部下见此情形，对萧惠说："我军路远迢迢到此，不知西夏布防情况，不应深入。我军应扎营布防，以备意外。"

10. 萧惠一听，哈哈大笑道："你们也太多虑了！我大军压境，谅祚小王必亲自迎接辽主车驾，岂有时间顾及我！无缘无故设防，岂非白白使自己疲惫。"说罢，命大军继续推进。

11. 这时，西夏执政者早已获得辽军入侵的消息，指派各路兵马在贺兰山要道列阵以待，做好充分的御敌准备。

12. 辽主耶律宗真率中路军主力渡河后，未遇敌而还师。萧惠却毫不知情，依然挥师前进。

13. 一日，萧惠军刚扎营，营栅还没来得及立，突然，派出的侦骑气喘吁吁地回来报告："前方有西夏大军……"

14. 萧惠不信，怒斥侦骑虚报军情，要将他推出斩首。这时，西夏军前锋逼近辽军，已能听到他们进攻的鼓声和呐喊。

15. 不一会，西夏骑兵像猛虎那样从山坡上冲下，旌旗高扬，战鼓雷动，辽军只得仓皇应战。

16. 萧惠和部分将士还来不及穿上盔甲，慌忙跃上战马，寻路而逃。

17. 西夏骑兵见辽兵逃散，遂用弓箭射击，一时箭如飞蝗，辽兵大批倒地。萧惠在几名勇士护卫下得以脱围。

18. 萧惠脱围后，检点残兵，已不足半数。他未能吸取当年惨败的教训，自恃兵多势大，轻敌冒进；判断敌情又欠准确，以致再次大败，连自己的儿子慈氏奴也死于战场。

戚继光精选严练聚精兵

编文：秋　野

绘画：翁家澎　方一平

原　文　合之以文，齐之以武，是谓必取。

译　文　要用怀柔宽仁的手段使他们思想统一，用军纪军法的手段使他们整齐一致，这样就必能取得部下的敬畏和拥戴。

1. 明嘉靖后期，东南沿海海防松弛，卫所腐败，兵员严重不足，倭寇乘机入侵。富饶的江浙沿海一带月月受到倭寇的烧杀掳掠，百姓被害者不下数万人，半壁河山几无宁土。

2. 朝廷曾派兵进剿倭寇，也取得一些胜利，但由于昏聩的明世宗朱厚熜在严嵩的蒙骗下，颠倒是非，枉杀抗倭功臣。境内土豪劣绅又勾结倭寇残害百姓，倭祸越演越烈。

3. 嘉靖三十四年（公元1555年），朝廷把登州卫指挥佥事戚继光调往浙江任参将，管辖宁波、绍兴、台州（今临海）三府军务。

4. 戚继光率领从山东、河北、广西调来的"客军"抵抗倭寇。这些兵士纪律涣散，战斗力较差，遇贼闻风丧胆，遇民却如狼似虎。

5. 戚继光痛感明军的腐败，上书请求练兵，提议选练骁壮之士三千，以备调用。

6. 这个建议一直到嘉靖三十八年（公元1559年）第三次再提出，才取得总督胡宗宪的批准。九月，戚继光前往义乌、永康等地招募新兵。

7. 经过戚继光的工作，应募的人很多。戚继光进行了严格的挑选，过去当兵打过败仗的，或曾在官府服过役沾染了坏习气的以及浮猾的小市民，一概不要。入选的大都是勇敢的农民和慓悍的矿工。

8. 戚继光很快招募了四千多人。接着，对新军进行严格教育与训练：一是养兵保民教育。要求士兵懂得军队的任务，就是"保障生民，捍御地方"。懂得"只要军队肯杀贼，守军法，不扰害百姓，百姓肯定拥护军队"的道理。

9. 二是重视武艺训练。让士兵练习合于实战、能防身杀敌、立功报国的真武艺，决不允许士兵去学只好装饰门面、丝毫不切实用的花拳绣腿。

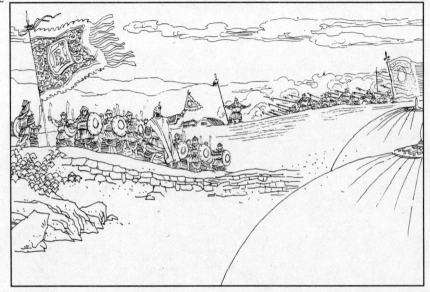

10. 在武艺训练时，按照年龄大小、身材高低、体质强弱的不同，分别授予不同的兵器。

11. 武艺训练中还结合体质锻炼，让士兵穿重甲、负重物，以练体力；使用比实战武器更重的器材，以练手力；裹沙袋长跑，以练足力。

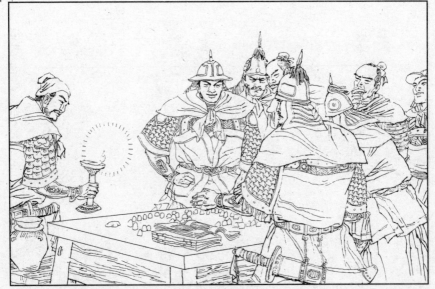

12. 三是教练阵法。戚继光根据江浙的地形和倭寇的作战特点，创制鸳
鸯阵以及由鸳鸯阵变化而成的两仪阵、小三才阵和三才阵。这些阵法长
短兵器迭用，攻防结合，因势变化，能有效地保存自己，消灭敌人。

13. 四是严明纪律。戚继光说："古今名将用兵，从未出现过无节制、号令，不用金鼓、旗幡，而浪战百胜者。"他把各种军队的号令编印成册发给士兵，要求人人熟记，并赏优罚劣。

14. 同时，要求部队做到"冻死不拆屋，饿死不掳掠"。严禁砍伐树木，毁坏田地，烧毁房屋，奸淫掳掠，杀害战俘。

15. 戚继光处处以身作则，与士兵同甘共苦，要求所有军官也"件件苦处要身先士卒"，务使"兵民相体"、"万众一心"。

16. 在作战中做到赏罚严明，当赏者虽仇亦赏，该罚者虽亲不免。跟随戚继光多年的一名亲兵，也因不服从命令而被斩首。

17. 由于戚继光治军严格，有一套较为完整的练兵法则，在较短时间里就训练成一支纪律严明、组织良好、勇敢善战的精兵。

18. 这支军队在抗倭作战中转战浙闽，打得倭寇丢盔弃甲，下海逃窜。当时百姓称誉这支百战百胜的军队为"戚家军"。

战例

诸葛亮临阵更兵守信约

编文：汤　洞

绘画：叶　雄　陈月英　古　寅

原　文　令素行者，与众相得也。

译　文　平时命令能贯彻执行的，这表明将帅同兵卒之间相处融洽。

1. 三国时，蜀汉建兴九年（公元231年），诸葛亮用木牛运输军粮，再出兵祁山（今甘肃礼县东北祁山堡）第四次攻魏。

2. 魏明帝曹叡亲自到长安指挥战斗，命令司马懿统帅张郃、费曜、戴陵、郭淮诸将领，征发雍、凉二州（今陕西、甘肃及青海部分地区）精兵三十余万迎战蜀军。

3. 司马懿调齐军马，留费曜、戴陵二将屯扎上邽（今甘肃天水西南），
自己率大军直奔祁山。

4. 诸葛亮见魏军兵多将广，来势凶猛，不敢轻敌。命令部队占据山险要塞，严阵以待。

5. 魏蜀两军，旌旗在望，鼓角相闻，战斗随时可能发生。

6. 在这紧要时刻，蜀军中有八万人服役期满，已由新兵接替，正整装待返故乡。

7. 魏军有三十余万，兵力众多，连营数里。蜀军中这八万老兵一离开，就显得单薄了。众将领都为此感到忧虑。

8. 这些整装待归的战士也在忧虑，生怕盼望已久的回乡愿望不能立即实现，估计要到这场战争结束方能回去了。

9. 蜀军将领纷纷向诸葛亮进言，要求将这八万兵士留下，延期一个月，等打完这一仗再走。

10. 诸葛亮断然拒绝道："统帅三军必须以绝对守信为本，我岂能以一时之需，而失信于军民。"

11. 诸葛亮停了一停，又道："何况远出的兵士早已归心似箭，家中的父母妻儿终日倚门而望，盼望着他们早日归家团聚。"遂下令各部，催促兵士登程。

12. 此令一下，准备还乡的士兵开始感到意外，接着欣喜异常，感激得涕泪交流。

13. 他们反而不愿走了，纷纷说："丞相待我们恩重如山，我们理应誓死杀敌，以报大恩。"他们一个个自愿报名，要求留下参加战斗。

14. 那些在役的士兵也受到极大的鼓舞，士气高昂，摩拳擦掌，准备痛
    歼魏军。

15. 诸葛亮在紧要关头不改原令，使还乡的命令变成了战斗的动员令。他运筹帷幄，巧设奇计，在木门（今甘肃天水西南）设下伏兵。

16. 魏军先锋张郃，是一员勇将，被诱入木门埋伏圈中，弓弩齐发，死于乱箭之下。

17. 蜀军人人奋勇，个个争先，魏军大败，司马懿被迫引军撤退。

18. 诸葛亮犒劳三军，尤其褒奖了那些放弃回乡，主动参战的士兵。蜀营中一片欢腾。